EU AMO VOCÊ

De: _____

Para: _____

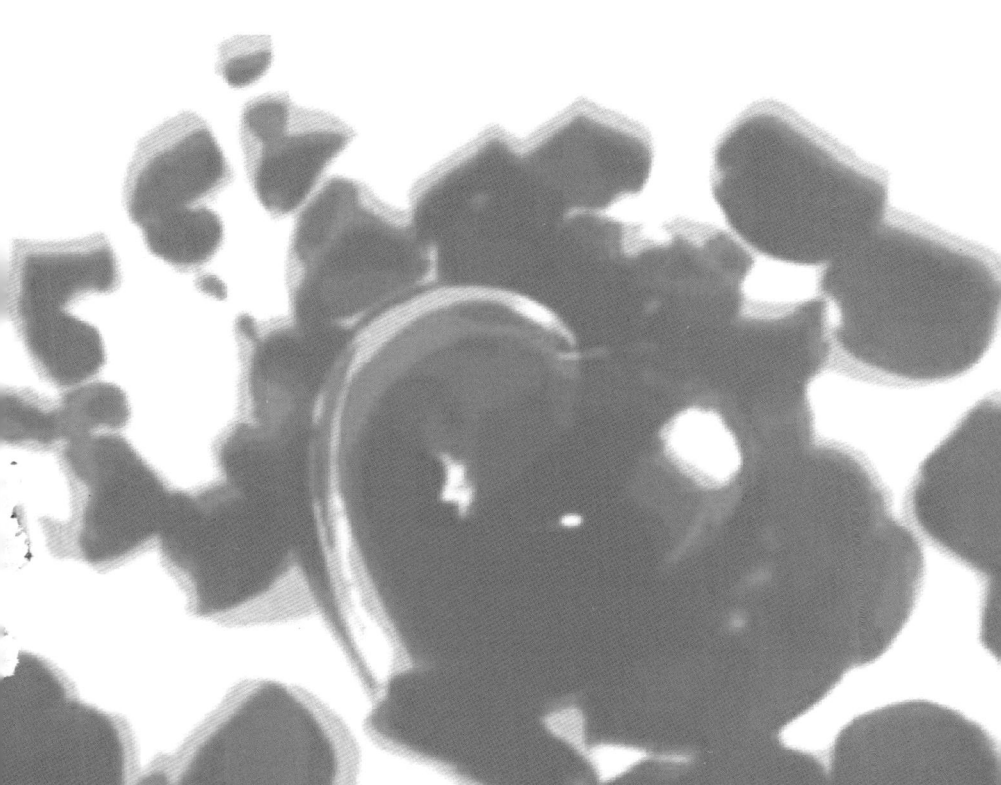

Linguagem do AMOR

Título Original: Linguagem do amor
Copyright © 2006, Petter Adams
Licença Editorial para Jardim dos Livros Editora Ltda.
Todos os direitos autorais reservados e protegidos pela Lei 9.610, de 19.02.1998.
É proibida a reprodução total ou parcial sem a expressa anuência da editora.

Editor
Claudio Varela

Diretor Executivo
Ado Varela

Revisão
Ana Paula Pessoa

Capa e Projeto Gráfico
Genildo Santana

DADOS INTERNACIONAIS DE CATALOGAÇÃO NA PUBLICAÇÃO (CIP)
(CÂMARA BRASILEIRA DO LIVRO, SP, BRASIL)

Adams, Petter
Linguagem do amor /Petter Adams
São Paulo: Jardim dos Livros, 2006.
Título original: Linguagem do amor
1. Amor 2. Casais - Aspectos psicológicos
3. Felicidade 4. Homem-mulher 5. Relacionamento
6. Relacões interpessoais I. Título

CDD- 158.2

ÍNDICES PARA CATÁLOGO SISTEMÁTICOS:
1. Amor: Relações interpessoais: psicologia aplicada 158.2

2006

www.jardimdoslivros.com.br

PETTER ADAMS

Linguagem do
AMOR

MISCELÂNEA ROMÂNTICA

Ainda que eu fale a língua dos homens e dos anjos, se não tiver amor, serei como o bronze que soa ou como o címbalo que retine.

Ainda que eu tenha o dom de profetizar e conheça todos os mistérios e toda a ciência; ainda que eu tenha tamanha fé, a ponto de transportar montes, se não tiver amor, nada serei.

E ainda que eu distribua todos os meus bens entre os pobres e ainda que entregue o meu próprio corpo para ser queimado, se não tiver amor, nada disso me aproveitará.

O amor é paciente, é benigno; o amor não arde em ciúmes, não se ufana, não se ensoberbece, não se conduz inconvenientemente, não procura os seus interesses, não se exaspera, não se ressente do mal; não se alegra com a injustiça, mas regozija-se com a verdade; tudo sofre, tudo crê, tudo espera, tudo suporta.

O amor jamais acaba. Agora, pois, permanecem a fé, a esperança e o amor, estes três; porém o maior destes é o amor.

(I Coríntios 13.1 - 8a, 13)

SUMÁRIO

Introdução

1. Histórias de amor

2. Frases, pensamentos e como escrever EU AMO VOCÊ em 40 idiomas

3. Citações de canções românticas

INTRODUÇÃO:

Falar de amor e não citar William Shakespeare não permitiria a essa obra ser completa. O amor para ele não é só um sentimento sublime que liga dois seres apaixonados; o criador de Romeu e Julieta tinha, do amor, uma noção mais ampla: o amor em todas as suas formas, contado nos sonetos e na poesia dramática. O amor entre pais e filhos, entre marido e mulher, até mesmo o amor entre dois amantes apaixonados. Um amor sem limites pelo gênero humano, que sem duvida é uma das forças responsáveis por sua capacidade de se comunicar com pessoas de todos os países e de todos os tempos.

"Depois de algum tempo você aprende a diferença, a sutil diferença, entre dar a mão e acorrentar uma alma. E você aprende que amar não significa apoiar-se, e que companhia nem sempre significa segurança. E começa a aprender que beijos não são contratos e presentes, não são promessas. E começa a aceitar suas derrotas com a cabeça erguida e olhos adiante, com a graça de um adulto e não com a tristeza de uma criança.

E aprende a construir todas as suas estradas no hoje, porque o terreno do amanhã é incerto demais para os planos, e o futuro tem o costume de cair em meio ao vão.

Depois de um tempo você aprende que o sol queima se ficar exposto por muito tempo. E aprende que não importa o quanto você se importe, algumas pessoas simplesmente não se importam, e aceita que não importa quão boa seja uma pessoa, ela vai feri-lo de vez em quando e você precisa perdoá-la por isso. Aprende que falar pode aliviar dores emocionais.

Descobre que levam-se anos para construir confiança e apenas segundos para destruí-la, e que você pode fazer coisas em um instante, das quais se arrependerá pelo resto da vida.

Aprende que verdadeiras amizades continuam a crescer mesmo a longas distâncias. E o que importa não é o que você tem na vida, mas quem você tem da vida. E que bons amigos são a família que nos permitiram escolher.

Aprende que não temos que mudar de amigos se compreender-mos que os amigos mudam, percebe que seu melhor amigo e você podem fazer qualquer coisa, ou nada, e terem bons momentos juntos. Descobre que as pessoas com quem você mais se importa na vida são tomadas de você muito depressa, por isso, sempre devemos deixar as pessoas que amamos com palavras amorosas, pode ser a ultima vez que as vejamos.

Aprende que as circunstâncias e os ambientes tem influência sobre nós, mas nós somos responsáveis por nós mesmos. Começa a aprender que não se deve comparar com os outros, mas com o melhor que pode ser. Descobre que se leva muito tempo para se tornar a pessoa que quer ser, e que o tempo é curto.

Aprende que não importa onde já chegou, mas onde está indo, mas se você não sabe para onde está indo, qualquer lugar serve.

Aprende que, ou você controla seus atos ou eles o controlarão, e que ser flexível não significa ser fraco ou não ter personalidade, pois não importa quão delicada e frágil seja uma situação, sempre existem dois lados.

Aprende que heróis são pessoas que fizeram o que era necessário fazer, enfrentando as conseqüências.

Aprende que paciência requer muita prática. Descobre que algumas vezes, a pessoa que você espera que o chute quando você cai, é uma das poucas que o ajudam a levantar-se.

Aprende que maturidade tem mais a ver com os tipos de experiência que se teve e o que você aprendeu com elas, do que com quantos aniversários você celebrou.

Aprende que há mais dos seus pais em você do que você supunha.

Aprende que nunca se deve dizer a uma criança que sonhos são bobagens, poucas coisas são tão humilhantes e seria uma tragédia se ela acreditasse nisso.

Aprende que quando está com raiva tem o direito de estar com raiva, mas isso não te dá o direito de ser cruel. Descobre que só porque alguém não o ama do jeito que você quer que ame, não significa que esse alguém não o ama com tudo o que pode, pois existem pessoas que nos amam, mas simplesmente não sabem como demonstrar ou viver isso.

Aprende que nem sempre é suficiente ser perdoado por alguém, algumas vezes você tem que aprender a perdoar-se. Aprende que com a mesma severidade com que julga, você será, em algum momento condenado.

Aprende que não importa em quantos pedaços seu coração foi partido, o mundo não pára para que você o conserte.

Aprende que o tempo não é algo que volte para trás. Portanto, plante seu jardim e decore sua alma, ao invés de esperar que alguém lhe traga flores.

E você aprende que realmente pode suportar que realmente é forte, e que pode ir muito mais longe depois de pensar que não se pode mais. E que realmente a vida tem valor e que você tem valor diante da vida!"

William Shakespeare

Tenha uma ótima leitura.

1
HISTÓRIAS DE AMOR

METADE
(Oswaldo Montenegro)

Que a força do medo que tenho
não me impeça de ver o que anseio
que a morte de tudo o que acredito
não me tape os ouvidos e a boca
pois metade de mim é o que eu grito
mas a outra metade é silêncio.

Que a música que ouço ao longe
seja linda ainda que tristeza
que a mulher que eu amo seja pra sempre amada
mesmo que distante
porque metade de mim é partida
e a outra metade é saudade.

Que as palavras que falo
não sejam ouvidas como prece nem repetidas com fervor
apenas respeitadas como a única coisa
que resta à um homem inundado de sentimento
porque metade de mim é o que ouço
mas a outra metade é o que calo

Que essa minha vontade de ir embora
se transforme na calma e na paz que eu mereço
que essa tensão que me corrói por dentro
seja um dia recompensada
porque metade de mim é o que penso
e a outra metade um vulcão.

Que o medo da solidão se afaste
que o convívio comigo mesmo se torne ao menos suportável
que o espelho reflita em meu rosto um doce sorriso
que me lembro ter dado na infância
porque metade de mim é a lembrança do que fui
e a outra metade não sei

Que não seja preciso mais que uma simples alegria
pra me fazer aquietar o espírito
e que o teu silêncio me fale cada vez mais
porque metade de mim é abrigo
mas a outra metade é cansaço

Que a arte nos aponte uma resposta
mesmo que ela não saiba
e que ninguém a tente complicar
pois é preciso simplicidade pra fazê-la florescer
porque metade de mim é platéia
e a outra metade é a canção

E que a minha loucura seja perdoada
porque metade de mim é amor
e a outra metade também.

UNIDOS ATÉ NA MORTE

Há anos, os Montecchio e os Capuleto, de Verona (Itália), vivem em constante disputa por causa de poder.

Um casal de jovens, na inocência e na pureza dos que ainda vivem num mundo de sonhos, se encontram num baile de máscaras e apaixonam-se. Romeu, um Montecchio, e Julieta, uma Capuleto, se encantam um pelo outro logo no primeiro olhar. A princípio, sem saber da rivalidade entre suas famílias, Romeu e Julieta acreditam que poderiam viver seu grande amor em plenitude.

A realidade, porém, é outra: há muito ódio impedindo esse amor. Para afastar o casal, os pais de Julieta arrumam-lhe um noivo, aumentando seu desespero. Diante da falta de complacência das famílias rivais, Romeu e Julieta montam um plano para fugir. E, para escapar do casamento arranjado, Julieta toma uma poção que simularia sua morte. Mas o destino também está contra eles. Romeu, ao ver a pálida Julieta sobre a lápide do túmulo, acredita que verdadeiramente sua amada se foi para sempre. Não resiste a tamanha perda e se mata. Acordada de seu sono induzido, Julieta vê seu amor desfalecido. Tenta reanimá-lo, sem sucesso. Decide então acompanhá-lo.

Já que em vida não puderam estar juntos, assim estarão na morte.

AMOR VALENTE

Coragem, companheirismo, fidelidade. Essas qualidades nortearam a vida de Ana Maria de Jesus Ribeiro, a jovem valente Anita Garibaldi, que nasceu em Morrinhos (SC), no ano de 1821. Anita conheceu Giuseppe Garibaldi durante a Revolução Farroupilha, em 1836. Na época, era casada, mas a paixão pelo político e militar revolucionário italiano foi forte demais para que continuasse a viver pacatamente na cidade de Laguna. Por isso não teve dúvidas em fugir com seu amado, quando ele a raptou do pai. Companheira destemida, Anita Garibaldi lutou pelos ideais de seu marido, no Brasil e na Itália, até o fim da vida.

O amor de Anita e Garibaldi resistiu a preconceitos, censuras, guerras e dificuldades.

TECENDO O AMOR

Ulisses, herói da mitologia grega, é obrigado a lutar em Tróia, deixando sua esposa, Penélope, com o filho, Telêmaco, ainda pequeno. Vencida a guerra, Ulisses inicia o caminho de volta, mas antes tem de enfrentar muitas aventuras.

Quando consegue chegar em casa, seu filho já está crescido, e Penélope, rodeada de pretendentes. Mas, com esperança de que o marido volte, promete escolher um novo marido quando terminar de tecer um véu. Eles não sabem, porém, que Penélope tece o véu durante o dia e o desmancha à noite. Ulisses corre perigo de vida. Se os pretendentes de Penélope sabem que ele voltou vivo vão querer matá-lo.

Sem poder enganar seus pretendentes por mais tempo, Penélope organiza uma disputa: se casará com aquele que conseguir armar e soltar uma flecha do arco de Apolo, que pertence a Ulisses. Nenhum deles consegue realizar a façanha. Mas Ulisses, disfarçado de mendigo, pede para tentar.

Caçoado e desprezado pelos outros, surpreende a todos quando o arco e a flecha lhe obedecem facilmente. Mata seus rivais e apresenta-se a Penélope.

LUTAR JUNTOS

Cleópatra, rainha exilada na Síria, conhece o imperador romano Júlio Cesar durante as batalhas empreendidas para a recuperação do seu trono, no Egito.

O romance com Júlio Cesar lhe deu a oportunidade de reinar também em Roma. Apaixonado, César manda colocar uma estátua de Cleópatra num templo construído em honra de Vênus Dois anos mais tarde, Júlio César é assassinado. Cleópatra volta para o Egito e, três anos depois, conhece o general romano Marco Antonio.

Bonita, inteligente e ardilosa, Cleópatra conquista Marco Antonio com suntuosos jantares. Com 33 anos, casa-se com o general e, juntos, partem para conquistar outros reinos do Oriente.

Por muitas vezes, Cleópatra e Marco Antonio batalham juntos, exceto quando ela tem de parar para dar à luz aos três filhos gerados dessa união. No entanto, sucessivas derrotas na política levam Marco Antonio ao suicídio. Cleópatra, prisioneira de guerra, morre em seus aposentos por causa de uma picada de cobra venenosa.

AMOR POLÊMICO

Quando foi ver uma exposição de arte na Indica Gallery, em Londres, no ano de 1966, John Lennon não imaginou que encontraria ali o grande amor de sua vida: a inteligente, ambiciosa e ousada Yoko Ono. Por dois anos, John e Yoko tornaram-se amantes platônicos – um casamento de mentes e ideais – antes de chocarem o mundo com a ousadia de seu amor.

Uma foto com nu frontal foi a capa do disco que fizeram juntos. A paixão do Beatle pela artista plástica era tamanha que provocou estremecimento no relacionamento do grupo, que já não ia bem.

Em 1969, John e Yoko casaram-se, em Gibraltar, e passaram a lua-de-mel numa cama de hotel em Amsterdam, numa manifestação contra a violência e o sofrimento do mundo.

DÚVIDA CRUEL

Durante muitos anos Bentinho foi vizinho de Capitolina, a Capitu. Gostava da moça e pensava em um dia se casar com ela. No entanto, sua mãe, D. Glória, faz uma promessa de que ele se tornaria padre. Bentinho vai para o seminário, mas só pensa em Capitu. Por fim, sua mãe decide tirá-lo do seminário, mas manda-o estudar no exterior.

Quando retorna, Bentinho casa-se com Capitu. Desde os tempos de seminário fizera amizade com Escobar, que agora também estava casado. Capitu tem um filho, Ezequiel. Escobar, o amigo íntimo, falece e durante o seu velório Bentinho percebe que Capitu demonstrava profunda comoção, embora não derrame lágrimas. Bentinho começa a desconfiar de que algo estava errado. Para ele, Ezequiel, filho do casal, era a cara de Escobar, seu amigo.

Ele chegou mesmo a encontrar por diversas vezes a mulher e o amigo a sós em casa. Bentinho se desespera, mas não tem provas. O casal e o filho fazem uma viagem para a Europa, mas Bentinho retorna antes, deixando lá Capitu e Ezequiel. Capitu morre, Ezequiel vem visitar o pai e conta da morte da mãe.

Pouco tempo depois, Ezequiel também morre. Bentinho nunca teve a certeza se fora ou não traído.

AMOR À PRIMEIRA VISTA

Maria Bonita era casada mas não se dava bem com o marido.

Freqüentemente visitava a casa dos pais, uma fazenda na divisa entre Bahia e Sergipe.

Lampião e seu bando costumavam passar pela fazenda, e a mãe de Maria Bonita comentou sobre a admiração que a filha tinha pelo jagunço.

Certo dia, Lampião chegou à fazenda e viu Maria Bonita. Apaixonou-se à primeira vista. Depois que o bando foi embora, Lampião pediu permissão aos pais de Maria Bonita para levá-la com ele.

Meses depois a "mulher do capitão", como a chamavam, deu à luz uma menina, que foi criada por uma pessoa de confiança do casal.

JUNTOS NO CERTO E NO ERRADO

Abandonada pelo marido com apenas 18 anos de idade, Bonnie Parker estava deprimida e sozinha.

Algum tempo depois, conheceu Clyde Champion Barrow em West Dallas. O romance começou e Bonnie sentia-se feliz por estar amando um homem jovem e rico.

Mas ela só soube a respeito do passado do amante quando policiais começaram a persegui-lo. Clyde, acusado de pequenos roubos, foi preso, mas conseguiu escapar. Daí em diante, a vida do casal foi uma aventura, repleta de golpes, roubos, perseguições, fugas e assassinatos. Porém, entre eles havia amor e cumplicidade.

Viveram juntos momentos de grandes emoções e terminaram, juntos também, a carreira de gangsters e de amantes.

Os 167 tiros que alvejaram o carro em que estavam transpassaram a lataria deixando-os sem chance de sobrevivência. Quando morreram, Bonnie tinha 23 anos e Clyde, 24.

PEGO DE SURPRESA

Um importante empresário, Edward, precisa de uma acompanhante para compromissos sociais e contrata por uma semana os serviços de uma garota de programa, Vivian.

Linda, porém de comportamento duvidoso para a finalidade a que fora contratada, Vivian, ajudada por Edward, passa por verdadeira transformação, tornando-se "Uma Linda Mulher" – nome do filme protagonizado por Richard Gere e Julia Roberts.

O acordo comercial acaba se transformando em uma inesperada paixão. No início, nenhum dos dois admite para si que está apaixonado um pelo outro. Mas quando têm que se separar percebem que querem viver esse amor.

INÊS DE CASTRO

Lá se vão muitos anos, mais de seiscentos, desde o trágico episódio dos amores de Dom Pedro, filho herdeiro do rei Dom Afonso IV, de Portugal, e de Dona Inês de Castro, dama de companhia de Dona Constança, filha do rei de Castela, cujo casamento com Dom Pedro fora combinado por razões de ordem política.

Após o casamento que legitimou a sua união com a filha do rei de Castela, Dom Pedro prosseguiu a sua ligação amorosa com Inês de Castro de quem teve três filhos.

Depois da morte de Dona Constança, Dona Inês era para o rei de Portugal um problema político, porque ele temia que um dos filhos de Dona Inês pudesse herdar o trono de Portugal.

Por isto mandou decapitar Inês de Castro. Pedro, depois da morte do pai ocupou o seu lugar no trono de Portugal e não perdeu tempo a sentenciar os assassinos da sua amada Dona Inês. Trazidos os dois à presença de Dom Pedro, este os executou por suas próprias mãos.

Dom Pedro a um arrancou o coração pelo peito e ao outro fez o mesmo pelas costas, mordendo-os de seguida.

Vingada a morte da sua amada, o rei mandou então que procedes sem à translação dos restos mortais de Dona Inês de Castro do local onde se encontrava sepultada, em Coimbra, para um magnífico túmulo construído para o efeito no Monastério de Alcobaça.

Ali chegados , Dona Inês foi sentada num trono e Dom Pedro fê-la coroar rainha.

Toda a corte ajoelhou e beijou a mão da sua rainha, Inês de Castro, um cadáver em decomposição. Este trágico episódio foi muitas vezes o tema de textos da literatura portuguesa.

A lenda chegou até à lírica em duas óperas italianas: Inês de Castro de Giuseppe Persiani (meados do século XIX) e La reine morte de Renzo Rossellini (segunda metade do século XX.)

FRASES, PENSAMENTOS E COMO ESCREVER "EU TE AMO" EM 40 IDIOMAS.

PRECISO DIZER QUE TE AMO
(Dé/Bebel Gilberto/Cazuza)

Quando a gente conversa
Contando casos, besteiras
Tanta coisa em comum
Deixando escapar segredos
E eu não sei que hora dizer
Me dá um medo, que medo

Eu preciso dizer que eu te amo
Te ganhar ou perder sem engano
Eu preciso dizer que eu te amo
Tanto

E até o tempo passa arrastado
Só pra eu ficar do teu lado
Você me chora dores de outro amor
Se abre e acaba comigo
E nessa novela eu não quero
Ser seu amigo

É que eu preciso dizer que eu te amo
Te ganhar ou perder sem engano
Eu preciso dizer que eu te amo, tanto

Eu já nem sei se eu tô misturando
Eu perco o sono
Lembrando cada riso teu
Qualquer bandeira
Fechando e abrindo a geladeira
A noite inteira

Eu preciso dizer que eu te amo
Te ganhar ou perder sem engano
Eu preciso dizer que eu te amo, tanto

EU TE AMO
Eu te amo - Português

O companheirismo faz parte do amor. Sem ele, como resistir às lutas, ao sofrimento, às lágrimas? Mas companheirismo não é só para as horas tristes. É para as alegres também.

O amor companheiro festeja, planeja, decide e comemora. O amor companheiro resiste a tudo e a todos.

AMO-TE
Eu te amo - Português - Portugal

O amor nos dá força. Por causa dele enfrentamos ventos, tempestades, perigos, lutas...

O amor nos dá coragem para descer abismos e vigor para arrancarmos árvores do chão. Por ele somos capazes de seguir por um rio sobre uma simples canoa em direção ao horizonte.

YES KEZ SIRUMEN
Eu te amo - Armênio

Amar é um exercício de paciência, persistência e criatividade.

Quem ama aprende a conviver com a expectativa de ter a pessoa amada.

O amor precisa desse preparo de alma para chegar e se instalar, vitorioso, no coração.

KOCHAM CIEBIE
Eu te amo - Polonês

Amar é entregar-se por inteiro. Em um relacionamento doe sem esperar nada em troca, pois o amor, em sua forma mais pura, busca apenas a felicidade do ser amado.

YA TEBYA LIUBLIU
Eu te amo - Russo

O romance é o dialeto dos amantes.
Quando dito pela paixão nos entorpece e cega.
Já o amor quando o pronuncia nos torna nobres e lúcidos.

ALOHA WAU IA OI
Eu te amo - Havaiano

Há várias maneiras do amor entrar em nossas vidas.
Ele pode chegar de mansinho, como quem não quer nada, e ir se infiltrando entre nossas células, misturar- se ao sangue e ficar percorrendo todo o nosso corpo.

Pode provocar grande impacto, assustar, surpreender... e então ficar batendo na porta do coração até que tenha permissão para se instalar.

MI TA STIMABO
Eu te amo - Papiamento

O amor não possui medida.
Não é possível quantificá-lo nem sequer entendê-lo.
Mas nenhuma lei diz que é proibido sentí-lo.

TAIM INGRA LEAT
Eu te amo - Irlandês

A atração que o amor exerce sobre nós dificilmente encontra resistência que o supere, principalmente se o desejo for intenso.

Por mais que o mundo dite suas regras e os deuses do Olimpo imponham seus castigos, o amor sempre encontra um jeitinho de driblar as objeções e manter os amantes unidos.

VOLIM TE
Eu te amo - Croata

O sorriso é a manifestação dos lábios quando os olhos encontram o que o coração procura. Sorria para quem você ama.

HA EH BAK
Eu te amo - Tunísio

Os olhos do amor enxergam muito além do que podemos e queremos ver.

E quantas coisas eles vêem que nós sequer percebemos. É bom ficarmos atentos quando a implicância que temos por alguém tornar-se algo incômodo. Pode ser amor!

TE AMO
Eu te amo - Espanhol

A confiança é um dos pilares do amor. Ela é nutrida pela lealdade, transparência e segurança entre dois corações.

JEG ELSKER DIG
Eu te amo - Dinamarquês

Só mesmo o poder do amor para vencer o ódio e a indiferença, pois só ele dá inesperadamente muito mais do que foi pedido.

Amar é querer estar junto em um momento chamado SEMPRE.

IK HOU VAN JO
Eu te amo - Holandês

O amor é capaz de suportar qualquer humor. Sua superioridade é capaz de relevar pequenas falhas do ser amado. Ele nos faz mais tolerantes.

WO AI NI
Eu te amo - Chinês do Mandarim

O amor faz com que o tempo se torne precioso. Se nós vivêssemos para sempre, não teríamos nada a oferecer àquele que amamos.

O tempo é a moeda do amor.

JEG ELSKER DEG
Eu te amo - Norueguês

O amor nos faz buscar nossa própria evolução. Tentamos melhorar em todos os aspectos de nossa vida quando esse sentimento invade nosso mundo, com o único objetivo de oferecer o nosso melhor para quem amamos.

MAHAL KITA
Eu te amo - Filipino

Batalhar junto é uma das maiores provas de amor. Quando estamos unidos amorosamente nas batalhas, elas ficam mais fáceis de serem vencidas e os ferimentos próprios, das lutas acirradas, tornam-se menos doloridos.

AISHITERU
Eu te amo - Japonês

O ciúme é o sentimento que mais atormenta a alma humana.

Para ser feliz com a pessoa que ama é preciso saber dosá-lo.

Na medida certa, o ciúme serve para aquecer dois corações e dar uma apimentada na relação.

JE T'AIME
Eu te amo - Francês

Até mesmo um desentendimento entre um casal que se ama pode se transformar em momentos inesquecíveis e de entrega absoluta através da reconciliação.

SAYA CINTA PADAMU
Eu te amo - Indonésio

O amor em sua plenitude se conhece somente através da amizade, transparência e veracidade entre duas almas que se completam.

MILUJI TE
Eu te amo - Tcheco

As lembranças de um amor nunca desaparecem. Uma simples recordação de um amor vivido é capaz de permanecer na memória e pode ser tão arrebatador quanto era o próprio amor.

Elas ficam guardadas na alma.

ICH LIEBE DICH

Eu te amo - Alemão

O amor é sorrateiro, arrebata e ataca sem aviso.
Quando escravos deste sentimento, deixa-nos prontos para satisfazê-lo.
Esta é a melhor forma de servir.

SENI SEVIYORUM
Eu te amo - Turco

O amor nos prega surpresas, como se instalar no coração de quem acha que nunca vai se apaixonar, ou colocar frente a frente duas pessoas que, aparentemente, não têm nada em comum.

É isto que faz do amor algo incrível.

Para ele nada é impossível.

BAHIBAK
Eu te amo - Libanês

Um coração apaixonado tem raiz na persistência e seus ramos não descansam enquanto não se unem ao ser amado.

Todo esforço e dedicação são válidos para ter em seus braços a pessoa que ama.

OBICHAM TE
Eu te amo - Búlgaro

Surpreender a pessoa amada com pequenas atitudes ou presenteá-la sem nenhuma razão especial, é uma maneira de declarar o quanto você a ama.

Aquele que espera grandes ocasiões para demonstrar seu carinho não está preparado para o amor.

TI AMO
Eu te amo - Italiano

O amor é brincalhão. A ousadia e a coragem fazem dele um sentimento que pode fluir para o coração de duas pessoas a partir de uma flechada de um menino travesso que não escolhe com quem brincar: o cupido.

DOO-SET DAARAM
Eu te amo - Persa

Se existe um sentimento para o qual o amor não dá a mínima é o preconceito.

Quando duas pessoas se amam de verdade não existe nenhuma diferença imposta pela sociedade capaz de afastá-las.

E depois de nocautear o preconceito, o amor se fortalece de forma sublime.

T´ESTIMO
Eu te amo - Catalão

Bendito seja o desassossego da alma chamado saudade. Graças à ela quase podemos sentir a presença da pessoa amada em pequenos detalhes, como uma canção marcante ou um lugar capaz de resgatar a doce lembrança de um grande amor.

CHE RO JAY HU
Eu te amo - Guarani

O destino tem o poder de unir e separar pessoas que se amam, mas não de permitir que esqueçamos de alguém que por um instante nos fizeram felizes.

AFGREKI[1]
Eu te amo - Etíope

Existem segredos no coração que não admitimos nem para nós mesmos.

Desejar e amar alguém que por alguma razão, não podemos ter é um deles. O amor quando é platônico se alimenta da esperança de ter a pessoa amada.

Ele conforta e dá sentido à vida daquele que acredita que um dia será feliz.

S'AYAPO
Eu te amo - Grego

O amor nasce do desejo de fazer eterno o que a princípio, é passageiro.

HA EH BAK
Eu te amo - Tunísio

O amor exige presença constante ou corre-se o risco de vê-lo esfriar. De nada adianta plantar sem regar. De nada adianta seduzir e abandonar.

O amor tem que ser cultivado e tornar-se presente – seja através de um telefonema, um e-mail ou até mesmo um bilhete colocado nas coisas de quem ama.

EG ELSKA THIG
Eu te amo - Islandês

Amar alguém é recusar a aceitar a sua caricatura. Tirar todas as máscaras é a condição para que apareça a verdadeira face humana e seja desfrutado um amor sincero.

ANA MOAJABA BIK
Eu te amo - Marroquino

O verdadeiro amor não espera nada em troca. Faz sacrifícios sem esperar reciprocidade, se doa sem qualquer cobrança. Ele é espontâneo, se dedica sem medir esforços e deseja apenas completar o ser amado.

YA TEBE KAHAYU
Eu te amo - Ucraniano

Mesmo não colhendo os frutos, valorize a beleza das flores.

Quando não conseguir ver as flores, descanse à sombra da folhas.

O mesmo acontece no amor.

Sempre existirão detalhes para serem valorizados na pessoa amada.

TE DUA
Eu te amo - Albanês

O amor percorre um infinito caminho de situações, onde nada encontrado em seu trajeto lhe parece pequeno.

Todos os detalhes são de extrema importância e mais ainda quando deixamos o ser amado conhecê-los e desfrutá-los.

KULO TRESNO
Eu te amo - Javanês

Lembre-se de que o amor não é perfeito.
Ele tropeça, desliza, cai, e nem sempre está espirituoso. Amar verdadeiramente é enxergar os defeitos e não julgá-los.
Apenas aceitá-los pelo simples fato de estar amando.

EK IS LIEF VIR JOU
Eu te amo - Africano

Dedicação e amor andam de mãos dadas.
Quando amamos, nosso instinto de cuidar e proteger é involuntário. Da mesma forma, quando nos sentimos amados, nos deixamos cuidar sem restrições.

NGO OI NEY
Eu te amo - Cantonês

O amor é a escola dos corações.
Nele se aprende a suportar a dor, a crescer, a enfrentar a incerteza do amanhã e a confortar a pessoa amada.

JAG ALSKAR DIG
Eu te amo - Sueco

O amor é o único sentimento que nos faz sorrir para o nada, achar lindo o que é desprovido de beleza, suspirar a todo instante sem mesmo perceber, atrair a felicidade, pois é fácil ser feliz quando se ama...e sentir uma louca vontade de gritar para o mundo: estou amando!

I LOVE YOU
Eu te amo - Inglês

3

CITAÇÕES DE CANÇÕES ROMÂNTICAS

WAVE
(Tom Jobim)

Vou te contar
Os olhos já não podem ver
Coisas que só o coração pode entender
Fundamental é mesmo o amor
É impossivel ser feliz sozinho

O resto é mar
É tudo que eu não sei contar
São coisas lindas
Que eu tenho pra te dar
Vem de mansinho a brisa e me diz
É impossivel ser feliz sozinho

Da primeira vez era a cidade
Da segunda o cais e a eternidade

Agora eu já sei
Da onda que se ergueu no mar
E das estrelas que esquecemos de contar
O amor se deixa surpreender
Enquanto a noite vem nos envolver

Vou te contar
Os olhos já não podem ver
Coisas que só o coração pode entender
Fundamental é mesmo o amor
É impossivel ser feliz sozinho

O resto é mar
É tudo que eu não sei contar
São coisas lindas
Que eu tenho pra te dar
Fundamental é mesmo o amor
É impossivel ser feliz sozinho

Da primeira vez era a cidade
Da segunda o cais e a eternidade

Agora eu já sei
Da onda que se ergueu no mar
E das estrelas que esquecemos de contar
O amor se deixa surpreender
Enquanto a noite vem nos envolver

MINHA NAMORADA
(Vinícius de Moraes)

"...Você tem que vir comigo em meu caminho
E talvez o meu caminho seja triste pra você
Os seus olhos têm que ser só dos meus olhos
Os seus braços o meu ninho
No silêncio de depois
E você tem que ser a estrela derradeira
Minha amiga e companheira
No infinito de nós dois"

PENSAR EM VOCE
(Chico César)

"É só pensar em você que muda o dia
Minha alegria dá pra ver
Não dá pra esconder, nem quero pensar
Se é certo querer o que vou lhe dizer
Um beijo seu e eu vou só pensar em você..."

COMO GRANDE O MEU AMOR POR VOCÊ
(Roberto Carlos)

"Eu tenho tanto pra lhe falar
Mas com palavras não sei dizer
Como é grande o meu amor por você
E não ha nada pra comparar
Para poder lhe explicar
Como é grande o meu amor por você

Nem mesmo o céu, nem as estrelas
Nem mesmo o mar e o infinito
Não é maior que o meu amor, nem mais bonito..."

QUEM SABE ISSO QUER DIZER AMOR
(Márcio Borges e Lô Borges)

"...voce vai ter que encontrar
aonde nasce a fonte do ser
e perceber meu coração
bater mais forte só por você
o mundo lá sempre a rodar,
em cima dele tudo vale
quem sabe isso quer dizer amor,
estrada de fazer o sonho acontecer"

DRÃO
(Gilberto Gil)

"...Drão os meninos são todos sãos
Os pecados são todos meus
Deus sabe a minha confissão, não há o que perdoar
Por isso mesmo é que há de haver mais compaixão
Quem poderá fazer aquele amor morrer
Se o amor é como um grão!
Morre, nasce, trigo, vive morre, pão
Drão"

A ESTRADA
(Toni Garrido / Lazão / Da Gama / Bino)

"...Quando bate a saudade
Eu vou pro mar
Fecho os meus olhos
e sinto
Você chegar, você
chegar, psico, psico, psico
Quero acordar de manhã
do te lado
E Aturar qualquer babado
Vou ficar apaixonado,
no teu seio aconchegado
Ver você dormindo e sorrindo
É tudo que eu quero pra
mim..."

PÉTALA
(Djavan)

"...Ó meu amor
Viver
É todo sacrifício
Feito em seu nome
Quanto mais desejo
Um beijo seu
Muito mais eu vejo
Gosto em viver...
Por ser exato
O amor não cabe em si
Por ser encantado
O amor revela-se
Por ser amor
Invade
E fim"

A SUA
(Marisa Monte)

"...Tô com sintomas de saudade
Tô pensando em você
E como eu te quero tanto bem
Aonde for não quero dor
Eu tomo conta de você
Mas, te quero livre também
Como o tempo vai e o vento vem..."

QUASE UM SEGUNDO
(Herbert Vianna)

"...Às vezes te odeio por quase um segundo
Depois te amo mais
Teus pêlos, teu gosto, teu rosto, tudo
Que não me deixa em paz
Quais são as cores e as coisas
Pra te prender?
Eu tive um sonho ruim e acordei chorando
Por isso eu te liguei
Será que você ainda pensa em mim?
Será que você ainda pensa?..."

AMOR DE ÍNDIO
(Beto Guedes e Ronaldo Bastos)

Tudo que move é sagrado
e remove as montanhas
com todo o cuidado, meu amor.
Enquanto a chama arder
todo dia te ver passar
tudo viver a teu lado
com arco da promessa
do azul pintado, pra durar.
(...)
...No inverno te proteger, no verão sair pra pescar
no outono te conheçer, primavera poder gostar
no estio me derreter
pra na chuva dançar e andar junto
O destino que se cumpriu
de sentir seu calor e ser tudo"

CONHEÇA OUTROS TÍTULOS DA
JARDIM DOS LIVROS EDITORA

Título: A Arte da Guerra
Autor: Sun Tzu

Esta é a primeira edição de um dos maiores clássicos chineses sobre estratégia. Provavelmente a mais famosa obra já escrita sobre o assunto, A "Arte da guerra", de Sun Tzu, vendeu milhões de exemplares, em várias línguas, no mundo todo.

Esta é uma edição completa, adaptada por Nikko Bushidô, que nos traz com excelência, os ensinamentos do general chinês Sun Tzu, que há cerca de mais de 2500 anos influencia o mundo.

São treze capítulos originais contidos nessa obra, junto com um relevante contexto histórico sobre a antiga China na época de Sun tzu, além de uma síntese apurada sobre sua vida.No final dessa obra o leitor contará com um caderno de anotações essencial para organizar pensamentos e extrair o melhor de cada capítulo.

Mestre Sun disse:

(...) tenham como princípio que só pode ser vencido por erro próprio e que só atinge a vitória por erro do inimigo.

(...) as tropas devem ser comparadas a água corrente.Da mesma forma que a água que corre evita as alturas e se precipita nas planícies, assim um exército evita a força e ataca a fraqueza.

Quando o comandante demonstrar fraqueza, não tiver autoridade, suas ordens não forem claras e seus oficiais e tropas forem indisciplinados, o resultado será o caos e a desorganização absoluta.

Título: Elogio da Loucura
Autor: Erasmo de Rotterdam

Essa obra, escrita sob o argumento de que todos os desejos são irracionais e que são eles que fazem o mundo girar, é uma brilhante sátira de seu tempo. Escrito por volta de 1509 e publicado dois anos depois, em forma de discurso proferido pela Loucura, o livro ridiculariza os sistemas, costumes, crenças e homens, incluindo acadêmicos, soberanos e os papas.

São os livros que consolidam a postura do homem sobre si mesmo, sobre política, sobre seus sentimentos, sobre a existência de Deus. E este livro, especificamente, mostra de forma fantástica nossos conflitos e preceitos através dos olhos da Loucura

A Jardim dos Livros decide publicar o Elogio da Loucura, que através dos séculos tem mantido a sua atualidade e interesse, de um lado pelo gênio de seu autor, de outro porque está firmada nas bases eternas da alma humana.

Dessa maneira, Desidério Erasmo se une às principais obras que moveram e mudaram o mundo.

Escrito por Erasmo de Rotterdam, o texto se mantém extremamente atual, fazendo com que o leitor analise seus conflitos e preceitos, levantados de forma fantástica e com brilhante bom humor, através dos olhos desta deusa, a Loucura.

Título: O Profeta
Autor: Khalil Gibran

A obra literária de Khalil Gibran , acentuadamente romântica e influenciada pela Bíblia, Nietzche e William Blake, trata temas como o amor, a amizade, a morte e a natureza, entre outros. Escrita em inglês e árabe, expressa as inclinações religiosas e místicas do autor. "O Profeta" é uma obra iluminada e de rara beleza.

Um livro que possui, ao mesmo tempo, a grande sabedoria do Oriente e a sensibilidade dos textos literários que tocam a alma com suavidade. Estas são qualidades que fizeram deste livro à obra de orientação filosófica e espiritual mais conhecida no mundo todo. A inspiração do autor fala diretamente aos corações, ajudando a compreender e refletir melhor sobre a verdade superior que existe em nosso cotidiano.

Título: Tesouro dos Remédios da Alma
Autor: Petter Adams

Nessa obra, reunimos idéias e conselhos dos nomes mais originais da história do pensamento humano: Baltasar Gracián, Nicolau Maquiavel, Napoleão Bonaparte, Arthur Schopenhauer, Tácito, Goethe, Oscar Wilde, Sun Tzu, entre outros, formando uma biblioteca da sabedoria, da prudência, da estratégia e das relações pessoais, proporcionando assim a compreensão dos labirintos da alma humana e nos fazendo refletir sobre as eternas indagações da consciência.

Dividimos essa obra em três momentos, ficando o primeiro destinada a fábulas que ilustram a arte da sabedoria universal, a segunda com frases e conselhos dos nomes mais originais da história do pensamento humano e a última, deixamos com aforismos de Baltasar Gracián.

No Egito, as bibliotecas eram chamadas de "Tesouro dos remédios da alma". De fato, nelas curava-se a ignorância, a pior das enfermidades e origem de todas as outras.

"A leitura é para a mente o que o exercício é para o corpo."
Richard Steele

PARA SABER MAIS SOBRE TÍTULOS E
AUTORES VISITE NOSSO SITE:

www.jardimdoslivros.com.br
editorial@jardimdoslivros.com.br

Este livro foi impresso em São
Paulo, no outono de 2006. Foram
usadas as tipologias Bauhaus e
Adobe Caslon Pro